U0055227

問路

用一首詩

王羅蜜多
著

吹鼓吹詩人叢書／18

【總序】
台灣詩學吹鼓吹詩人叢書出版緣起

蘇紹連

「台灣詩學季刊雜誌社」創辦於1992年12月6日，這是台灣詩壇上一個歷史性的日子，這個日子開啟了台灣詩學時代的來臨。《台灣詩學季刊》在前後任社長向明和李瑞騰的帶領下，經歷了兩位主編白靈、蕭蕭，至2002年改版為《台灣詩學學刊》，由鄭慧如主編，以學術論文為主，附刊詩作。2003年6月11日設立「吹鼓吹詩論壇」網站，從此，一個大型的詩論壇終於在台灣誕生了。2005年9月增加《台灣詩學・吹鼓吹詩論壇》刊物，由蘇紹連主編。《台灣詩學》以雙刊物形態創詩壇之舉，同時出版學術面的評論詩學，及單純以詩為主的詩刊。

「吹鼓吹詩論壇」網站定位為新世代新勢力的網路詩社群，並以「詩腸鼓吹，吹響詩號，鼓動詩潮」十二字為論壇主旨，典出自於唐朝・馮贄《雲仙雜記・二、俗耳針砭，詩腸鼓吹》：「戴顒春日攜雙柑斗酒，人問何之，曰：『往聽黃鸝聲，此俗耳針砭，詩腸鼓吹，汝知之乎？』」因黃鸝之聲悅耳動聽，可以發人清思，激發詩興，詩興的激發必須砭去俗思，代以雅興。論壇的名稱「吹鼓吹」三字響亮，而且論壇主旨旗幟鮮明，立即驚動了網路詩界。

「吹鼓吹詩論壇」網站在台灣網路執詩界牛耳，詩的創作者或讀者們競相加入論壇為會員，除於論壇發表詩作、賞評回覆外，更有擔任版主者參與論壇版務的工作，一起推動論壇的輪子，繼續邁向更為寬廣的網路詩創作及交流場域。在這之中，有許多潛質優異的詩人逐漸浮現出來，他們的詩作散發耀眼的光芒，深受詩壇前輩們的矚目，諸如：鯨向海、楊佳嫻、林德俊、陳思嫻、李長青、羅浩原等人，都曾是「吹鼓吹詩論壇」的版主，他們現今已是能獨當一面的新世代頂尖詩人。

「吹鼓吹詩論壇」網站除了提供像是詩壇的「星光大道」或「超級偶像」發表平台，讓許多新人展現詩藝外，還把優秀詩作集結為「年度論壇詩選」於平面媒體刊登，以此留下珍貴的網路詩歷史資料。2009年起，更進一步訂立「台灣詩學吹鼓吹詩人叢書」方案，獎勵在「吹鼓吹詩論壇」創作優異的詩人，出版其個人詩集，期與「台灣詩學」的詩學同仁們站在同一高度，此一方案幸得「秀威資訊科技有限公司」應允，而得以實現。今後，「台灣詩學季刊雜誌社」將戮力於此項方案的進行，每半年甄選一至三位台灣最優秀的新世代詩人出版其詩集，以細水長流的方式，三年、五年，甚至十年之後，這套「台灣詩學吹鼓吹詩人叢書」累計無數本詩集，將是台灣詩壇在二十一世紀最堅強最整齊的詩人叢書，也將見證台灣詩史上這段期間新世代詩人的成長及詩風的建立。

若此，我們的詩壇必然能夠再創現代詩的盛唐時代！讓我們殷切期待吧。

【推薦序】

花甲之年的詩語

——我讀王羅蜜多詩集《問路　用一首詩》的感悟

羊子喬

在歲末寒冬突然接到高中同學王永成來電要我為他的新詩集寫序，一時讓我感到訝異，四十多年前的高中同學居然寫起詩來，還要出詩集，為了要一窺王永成到底寫什麼新詩，因此，允諾要為他的詩集講幾句話，想不到詩集寄來，才發現這位王羅蜜多擁有一顆全新的詩心，潛伏數十年，在花甲之年，短短的二、三年之間，竟然寫下二百多首的新詩，而且精挑細選出一〇〇首結集出版。

初讀這本《問路　用一首詩》詩集，發現作者雖是一位作畫四十多年的畫家，又邁入花甲之年，寫詩手法卻是當今網路詩人最時興的新招，有些作品雖流於文字遊戲，但也有些作品充滿機智禪思，讓人深思不已。

細讀這些作品，發現作品具有幾點特色：第一充滿抒情性，像在〈不知情的圖像〉詩中，描繪了男女之間的情愫衍繹，成就了詩人另一方面才能畫畫：

我悲愴的靈魂從此騰飛在黑暗中，
並巡梭於妳無邊際的舒展。
……
我發射了全部的發射，最後發射自己／成為空虛的
物件。
……妳也只有承受
我的發射，最終妳我都將進入發射，
成就一種不知情的／圖像。

另外，在〈致親愛的雪白〉詩中，作者以異性的肌膚為紙的意象，呈現出詩人作畫時情欲的馳騁：

在妳之上，是否該畫些什麼
無意義的連續圖案，或者
在我之下，是否可寫些什麼
聲稱失去激情的喟嘆

橫直妳我相加，已耕耘了多年
這一大片的俗語，說情談愛
有些誠然可以懸掛，販售
其餘的，就隨意丟棄吧

然而，親愛的雪白妳
也毋庸過於憂慮，雖然生命已移動
不管往上下或左右

最後作者竟然以女人仰臥之姿來具現男女之間的歡愉情境：

我們
　　之
　　　間　　　　　依　然
　　　　的　皺擦　　　　　柔
　　　　　　　　　　　　　　順
　　　　　　　　　　　　　　　而
　　　　　　　　　　　　　　　　且　美麗

而在〈今夜，就在這裡〉詩中，詩人敘說男女之間，在今夜交錯相處的感受：

今夜
我攤開了妳的嘆息
在這裡
　　雖然有些陳舊的痕跡
對於愛
　　仍是美好的質地

今夜　就在這裡
我用靈魂裝置了細膩
溫柔地撫弄妳的雪白
不偏不倚　　精準的
進入妳的肌理
喚起
　百般的嫵媚情意

今夜　就在這裡
我駕著愛情飛行　不停
　　　　　　　　經過妳
讓雪白舒展出芳澤

讓深沉流轉在邊際
讓今夜成為
　　　　濃密的回憶

今夜
　　　就在這個約會裡
我直直的走過
　　　　妳曲折的離去
我們始終舔著寂寞
　　　　　輕輕嘆息

如此抒情書寫，讓人以為這是年輕新世代的感情世界，想不到卻是花甲之人的詩語，可見王羅蜜多心境還年輕。尤其在〈一眉仔月光〉詩作，卻是如此書寫寂寞男人的情境：

午時三刻，男人就將啟程了，被暗戀的女人隔窗嘹著。她幽幽的臉龐上亮開了一眉仔月光。

「一起擁有我們的清幽吧！」男人抱起黑陰，抬頭揚走了寂寞。

第二、意象鮮明而貼切，例如〈蓋飯與味噌湯〉，詩中充滿意象，文字表現運用圖像詩的技巧，巧妙地用文字組成兩個蓋碗的形式，在蓋碗內的文字張顯出詩人的心靈感受，同時呼應了飯與湯的對照，下一篇〈有機的妳〉更神來之筆說：走過一片生氣，勃勃《　》遇見妳，披著白紗，清純欲滴，天啊，怎捨得吃呢，這麼有機。

從日常飲食「蓋飯與味噌湯」可以彰顯到「食色性也」的思考展現，實在是一篇傑作；同樣地，在〈爪來爪去，入非非之地〉詩中，作者以男女兩人身體的圖像，一人以手開始寫起，另一人以腳著地敘說，短短兩行詩，卻寫盡人生：單手懸掛整個人生　剩下一支可以爪妳　單腳撐住一個世界還有一支可以爪你。意象派最主要詩人艾茲拉・龐德〈Ezra Pound〉說：「意象可以有兩種。一種是主觀的……一種是客觀的……。在兩種情況中，意象都不僅僅是思想，它是漩渦一般的或集結在一起的熔化了的思想，而且充滿了能量。」[1]因此，從《問路　用一首詩》詩集中，還可以發現作者在創作的剎那，客觀的事物的敘述轉化為內向和主觀的事務。尤其〈天霧紀事〉，可說最典型的具現。

[1] 彼德・瓊斯編，裘小龍譯《意象派詩選》，廣西：漓江出版社，1986.8，頁44-45。

第三、人生的哲思：例如〈自我淹滅 〉詩中，充滿人生的感喟：

夢境被佔領了
思念只好去流浪
白晝漂移，黑夜棲息
憂傷依然佇留
無光無影無聲無覺不增不減不可言喻的空虛

就讓歲月刪去，不停刪去又刪去再棄絕自己
終於我彷彿，淹滅了所有
瘡痍，以及
意識浮現的能力
恍惚，狂喜

另外，在〈墨竹〉、〈騷人三部曲〉、〈唉〉、〈這一夜〉………等詩作，可說不勝枚舉，都述說著人生的感悟，也彰顯了生命哲理。

讀完《問路　用一首詩》詩集之後，我要說：網路詩人王羅蜜多啊！我已經為你按下十幾個「讚」！

2012.1.20於國立台灣文學館

【自序】
問路用一首詩

忘記了，是如何走過那團迷夢的？反正，已置身這花園中，徹夜流連。

2009年7月間，偶然經過紹連老師的部落格，看到吹鼓吹詩論壇的路標，就闖進去了，這是我專心持續寫詩的開始。十年前，曾投了幾篇小詩到當時的台灣詩學季刊，但很快就中斷，後來最常做的，是在老婆生日和情人節時寫篇情詩，雖難登大雅之堂，倒也羨煞了一些老婆的姐妹淘。

在網路詩的世界裡，出入的大部份是新世代詩人，具有充沛的熱力和原創性，有幾位甚至只是國中生，就寫的相當好。對於網路詩，我算是老鮮人了，但自覺尚能溶入這個群體裡。在吹鼓吹詩論壇發文的兩年半間，最感興趣的是紹連老師發起的無意象詩派，這種書寫的方法，讓我的心靈自由奔放，宛如創作抽象繪畫。

問路用一首詩，問心靈，問信仰，問與我們遭逢的人和世界，這條路是遙無止境的。用詩問路，有時幽雅，有時哀怨，有時會急躁而無奈，用我所崇愛的心理學家榮格的說法，就是向「本我的高靈」問路。寫詩，就像與高靈對話，走向自我整合的過程。

在詩集裡面，把無意象詩放在第一輯，就像前述，那是我最喜歡的部份，坦蕩的書寫，沒有華麗裝飾和精細的雕琢。第二輯是圖像詩，因無法像在網路上可無限放大，所以只好做了修剪，無法修的就割愛了。第三輯，散文詩的部份，其實是在論壇辦比賽時才開始寫的，書寫的方式，則受了商禽的影響。第四輯至第六輯，是平行詩和小詩，有些與散文和圖像混搭，我並不刻意去分類，但大抵上有宗教情懷（第四輯），社會關懷（第五輯），情愛想像（第六輯）等。整體而言，絕大部份是兩年半中，在吹鼓吹詩論壇發表過的作品。

高中與羊子喬是同學，他熱衷寫作我愛畫畫，有時會在北頭洋他家的草埔仔頂，聽他唸詩，當時羊子喬已開始組詩社和創辦刊物。對於寫詩，我是遲到好久好久了，像是宴席快結束才到來。最後，很感謝紹連老師的抬愛，推薦我出版這本詩集，希望，這是另一場盛宴的開始。

目次

 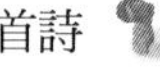

輯一

坦蕩之書

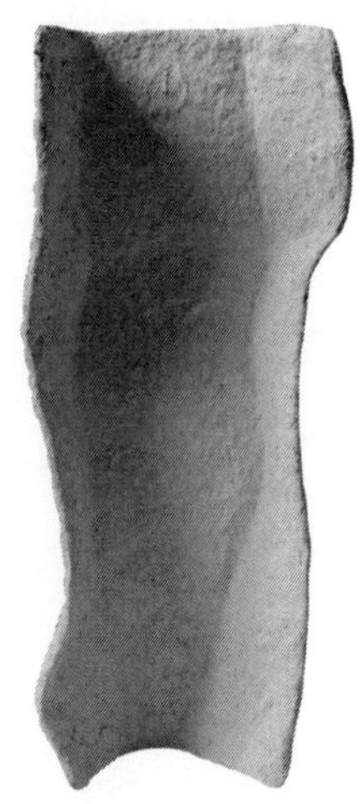

坦蕩之書

脫掉隱喻，看見他的明喻
脫掉明喻，看見他的無喻
脫掉無喻，看見他就是他
棄除裝述，聽見他的直述
棄除直述，聽見他的不述
棄除不述，聽見他就是，
聽不見他的我們，最終給他
一個封面，一個盒子，一個
……

不知情的圖像

終於我知道，妳被愛的厭煩，
並非來自我未能汲汲於妳的重點。
而且我明瞭，妳雪白的細緻，
已然拒絕回應我的堅挺或柔軟。
我悲愴的靈魂從此騰飛在黑暗中，
並巡梭於妳無邊際的舒展。
妳高聲喊叫，投擲吧／憂傷，投擲吧／
孤獨，投擲吧／褪色的愛情
我低吭回響，遺忘吧／曾經走過的，遺忘吧／
一切的物象／及甜蜜
從此我就只能發射，在虛空中發射／歲月，發射／
生命，發射／鬱卒，
發射／宿醉，發射／罣礙，發射／原慾，發射／
禁忌，發射／純粹，
我發射了全部的發射，最後發射自己／成為空虛的物件。

能說說這物件嗎，准許使用任何形容詞，
可是妳不能。妳也只有承受
我的發射，最終妳我都將進入發射，
成就一種不知情的／圖像。

帕洛克

看到黑白的時候，總是想到彩色
討論物象的時候，就說不用麻煩了
分析肌理的時候，說把它們通通埋了
視覺總是幻象的交錯，顏色就只是顏色
反正只要心靈騰升飛行，就會自動發射

反正的反正　趕快揮灑吧
一次又一次　又　一次
　　　　　　我們澆灌那墜落的靈魂
一度又一度　又　一度
　　　　　　讓色界堆滿任意的生命

看到心靈意象恣意旋行
他們就說　這是帕洛克

註：帕洛克（Jackson Pollock, 1912-1956）是美國抽象表現主義繪畫大師

蒙德里安

我們移動，緩慢的迅速的，
前前後後，向前或是向後，
我們尋找，慌張的閒散的，
左左右右，左左遇見右右，
我們停步，觀望著沉思著，
橫橫直直，橫直這般橫直，
我們祈禱，惴惴的安安的，
正正方方，角正直在四方，
我們進入格子，格格相生，
我們進入原色，色本無色，
我們進入世界，進入自己，
我們走著坐著，坐著走著，
我們走著坐，坐著走，

你是禪宗嗎／我說
我是，蒙德里安嗎／蒙德里安說／

平衡就是穩定的力量啊，不管你／
從哪裡來，往哪裡去，

註：蒙德里安（Piet.Mondrian, 1872-1944出生荷蘭），幾何抽象畫大師。

進入羅斯柯

我　　　慢慢的慢慢的妳
不只是　　說出憂傷說出
想要觀賞妳　　那無止境
而是想進去那　　多樣態
浩瀚的了無邊際　　的愛
那我冥視可見　　妳越過
妳不可知的　　黑暗光明
閃亮中的　　妳的冷靜和
閃亮　　　溫煦緩緩進入
的　　　我的空無中的無

我們就這樣再度進入了那
不可進入的憂傷以及愛情
所有不可說可說的聽說的
都從空虛走進無限的意象
我們就這樣再度離開了那

不可離開的憂傷以及愛情
所有可說不說的沒聽說的
都從繁瑣走向純粹的純粹

爾說 爾要說的簡單的說
進入羅斯柯就與你們同在

註：馬克・羅斯柯（Mark Rothko, 1903-1970）為紐約畫派領導畫家之一，在1940年代末期開創色域繪畫風格，對美國二次大戰後現代主義抽象表現繪畫的發展影響深遠。

人生幾何

幾何學

如果可以　內外平行
就不用封閉自己
如果可以　棄絕方向
就不需算計角度
如果可以　停止轉變
就不再轉折彎曲
但是你說　不可以
人生不可以
　　　　沒有習題

正方形

聽你說
做人要正正當當
奉承不能太超過
九十度啊
　　　　剛
　　　　剛
　　　　好
可好是好

自己如此不斷轉
住　　　　　彎
圈　　　　　的
己　　　　　人
自讓將終否是生

三角形

為了拯救
拆解了一個面相
讓尖叫聲崩裂開來
但是自尊　又把你
　　　　　　　撐
　　　　　　　住

　　　　　你
　　　　被　被
　　　撐　　　撐
　　住　　　　　住
　了　無　搖　晃　了

你說　向上
　　　　一向是做人之
　　　　　　　　　必要

梯形

挫折了向上的企圖
你會更容易接近上帝
可祈禱之後　內心又
　　　　　　　　掙扎了

　　　　　卡個位置
　　　　力　　　　也
　　　努　　　　　　可
　　以　　　　　　　　以
　可　　　　　　　　　　輕
你　　　　來　　下　　　　鬆

圓形

碰觸久了
再銳的氣也會消失
怎麼算　也不清楚
你曾有過的姿勢
走吧　迴旋的人生
不斷前進
　　　自始至終又
至始
　　　　　我
　　　們　　　味
　　若　　　　　美
　　享　　　　　的
　　　用　　　滑
　　　　　了

　　享用了滑的美味
　　便一直樂此不疲

三宅一生

宅一

慢慢　我慢慢
失去方向
慢慢　妳也慢慢
不再思想
　　　未來或不來
慢慢我們　毋需方向
慢慢　我們移往
不必再移往的地方

宅二

妳不知道我　是什麼
我也不知道妳　是什麼

這個世界是什麼　從來不想
神說要祝福什麼　也不必了
我們只要如此這般
至於什麼
就讓它待在那個
　　　　　　沒什麼的地方吧

宅三

可以奈何他或她嗎
不可　奈何也不必奈何
反正這個或那個世界
不再需要奈何
而惟一可能奈何的那個
神
　　終是無可奈何的說
　　　　　　隨便說說
　　　　　　　　　歡喜就好

致親愛的雪白

親愛的，今夜

在妳之上，是否該畫些什麼
無意義的連續圖案，或者
在我之下，是否可寫些什麼
聲稱失去激情的喟嘆

橫直妳我相加，已耕耘了多年
這一大片的俗語，說情談愛
有些誠然可以懸掛，販售
其餘的，就隨意丟棄吧

然而，親愛的雪白妳
也毋庸過於憂慮，雖然生命已移動
不管往上下或左右

我們
　之
　　間　　　依　然
　　　的　皴擦　　　　柔
　　　　　　　　　　　　順
　　　　　　　　　　　　　而
　　　　　　　　　　　　　　且　美麗

今夜，就在這裡

今夜
我攤開了妳的嘆息
在這裡
　　雖然有些陳舊的痕跡
對於愛
　　仍是美好的質地

今夜　就在這裡
我用靈魂裝置了細膩
溫柔地撫弄妳的雪白
不偏不倚　　精準的
進入妳的肌理
喚起
　百般的嫵媚情意

今夜　就在這裡
我駕著愛情飛行　不停
　　　　　　　　經過妳
讓雪白舒展出芳澤
讓深沉流轉在邊際
讓今夜成為
　　　　濃密的回憶

今夜
　　　就在這個約會裡
我直直的走過
　　　　妳曲折的離去
我們始終舔著寂寞
　　　　　　輕輕嘆息

寂寞日

寂寞日到了
我來顛覆妳
緊擁著情慾
沾惹不確定
的自然氣息

當妳回返時
更是寂寞了
我觸撫著妳
多樣的紋飾
默默思慕妳

如何開始於
濕透的肌理
有時我懷疑
風光之無限
應循何處去

讓激情慢慢
靜寂了喘息
我揣摩身段
尋找那奧祕
的精神遺跡

我匆匆來去
用靈魂施與
綺美的孕育
讓夢的迴旋
因為風而起

走過寂寞日
不問我和妳
何處染塵埃
一切因寂寞
才會有美麗

沒有然了

自從神遊回來
我說　了然了
揭露妳的祕密
我說　了然了
用力張開靈魂
痲妳劈妳皺妳
我說　了然了

祈望神駐妳內
妳說　要不然
揮灑一片茂密
妳說　要不然
勾勒無限崇高
妳說　要不然
讓我幻變無形

靈感漸次潮濕
我們沒有然了
魂魄還在縈繞
這夢沒有然了
雪白已被紋身
詩意不再遠行
這愛啊
　　沒有然了

妳掛了我的在

一

我想著我的想所以我存在
我走了我的走這樣我進來
我躺下我的躺如此我還在

二

因為妳的吸　引我想不在
但我仍走著我的走說我在
可我仍躺進我的躺盼妳來

三

我想了想不知自己在不在
妳走著走穿　過我的存在
我還躺躺想著妳的無所愛

四

妳拋出了想　像我已不在
我試著占卜　卦上的神采
只是躺的我仍然躺著等待

五

我想著妳的想所以我不在
我走著妳的走因此我離開
妳躺下了寂　寞了我的愛

六

假裝妳的軟　化了我的在
我逐漸走向慢慢活的地帶
妳卻喜歡躺　成水水的來

七

我想著我不想所以我還在
妳的期待其　實純潔無礙
妳的離開躺　出痴痴的宅

八

我用心的想　像妳已不在
只好帶著八　卦到處找愛
妳起身躺我　掛了我的在

我刪除了妳的重點

　在夢的邊緣
　妳漸行漸遠

任光　拖曳著
最美麗的深淵

今夜我
　　刪除了妳的重點

就
讓那些無關存在的
　　　　　　進
　　　　　　入

不存

煉　　在

試的

日末之末

風來的時刻
妳背負著灰濛
深情的召喚
奔往一日之末
光的垂死之地

不經意的我
進入了妳的召喚
參與漂浮　在
潤濕的氣息間
在妳的詭譎多變裡

竟然那光啊
在我們到達之前
已先行死去

回首　妳我疑惑
那似曾相識的
未來之日

風去的時刻
不經意的妳
進入了我的敞開
以一種纏綿的姿勢
不堪的舞步

日末之末　我們
徹夜祈盼淺薄的灰藍
在濛濛的餘燼中復活
睇著心中的靈光
毋需張望

日末之末　之末
當熱火再度試煉
那無情的力量時
我們都得溶解

與藍色的夢一同
墜落

神神

每個神都有代言人
他們用神的口吻說
我知道你
　　　是怎麼了
我告訴你
　　　要怎麼做

每個人都有認識的神
這神可能很多人曉得
可能少數人知道
可能只有自己明白
也可能神就是他自己

每個神和人都是
日夜不斷交談
用明亮的斷言

用曖昧的述說
用枕邊囈語
或者使用沉默
　　　　使用
　　　　　只是想

我一直想
妳的神認識我的神嗎
我能拉攏祂們成為
親愛的一對麼
神和神　人和人
都說　我願意

或者
神神的我
　　　只是想
當我們交談的時候
眼神交叉穿越
當我們親近的時候
心神跳動不定
　　　　　互相臆測

當我吻妳的時候
妳的神　還在嗎
當妳神神的時侯

末日說

末日到了／你說　你怎能知道／我說　神告訴我的／你說　那是你的　我的神可沒說／我說　不信的人有禍了／你說　沒有末日／神說　你怎麼知道／我說　我沒有看到／神說　他們的神說有／我說　那是魔鬼的詭計／神說

我最愛末日了／他說　你怎麼會／我說　末日是我的愛人／他說　你的愛人怎麼說／我說　末日是宇宙歡樂的節慶／他說　不確定有沒有末日／你說　不管有沒有　只要信我／神說　你在我心中　我相信你／我說　信我的人才有福／神說　我信　我就是我／我說

無象之象

我們前進，在不可知中對話
還不時掰開，一些假意的朦朧
起先，激情澆灌了渴望
以致於昇華，在無意識中漂浮
後來，古典肯定了現代
你我卻再度陷入憂傷，或者
各自哀悼那未來的過去，以及
失去的美好

終於，我們必需在靜止中行動
在搖晃間冷卻自己，並且反覆思考
如何揭顯一種不確定的
無象之象

就是那風和影

知道那風麼，有聲無聲的，外在內在的，
虛空中或空虛中的，
明白那影麼，有靜的動的，內面外面的，
空虛中或虛空中的，
為了蒐捕，那些虛風或者幻影，
你在起立之後起立，在起立之後起立再起立，
我在坐下之後坐下，在坐下之後坐下再坐下，
你在起立之後坐下，在起立坐下之後再起立坐下，
我在坐下之後起立，在坐下起立之後再坐下起立，
然後你我
遺失了位置，遺失了意象，進入了虛空，
然後我們
忘記了自己，忘記了聲音，進入了空虛，

終是空虛望著虛空，
而風，就在這個忽明忽暗的地方，互道平安，

而影，總是徘徊不已，一世又一世，
而我們……

自我淹滅

夢境被佔領了
思念只好去流浪
白晝漂移，黑夜棲息
憂傷依然佇留
無光無影無聲無覺不增不減不可言喻的空虛

就讓歲月刪去，不停刪去又刪去再棄絕自己
終於我彷彿，淹滅了所有
瘡痍，以及
意識浮現的能力
恍惚，狂喜

輯二

我行我素

我行我素

紅
橙
金　　黃
白　　木　　綠
我天　我水　我藍
山　光離黑　世離火　顏離靛
上路的素素在走　我　行獨水　影開夜　界開土　色開紫

煙火

煙火　啊　　煙啊　　火　　煙火　啊　　煙火啊　煙
火　煙　　火　煙火啊　　啊煙火　煙煙火　啊　啊
啊煙火　煙火　啊　火火　煙火　啊煙　煙　火
火煙　啊　煙火　啊啊啊　火　啊啊　　火
啊煙火　啊　煙煙煙　火啊煙火啊　煙
火煙　煙　火火火　啊　煙火　啊
火啊火　啊　啊　煙　火　啊
煙　啊啊煙　火火　　啊
啊煙火　煙煙　啊火
火煙啊　火　煙
火煙　煙火
啊煙火
火
啊
煙
火

昨夜空乏的我昂首飲盡滿天星斗　今夜尚未酌酒已尋不著滿腹哀愁
煙火啊煙火繁華不久落入塵埃星兒啊星兒與我共舞遙敬往日的神遊

蓋飯與味噌湯

當
寂寞蓋住了寂寞
今夜我兀自享用孤獨

隨意扒開素素的歲月
挾起一片燒焦的愛情
我在酸酸的文人味裡
咀嚼吞嚥妳離去之後
所曾留下辣辣的
基底部

蓋飯／王羅

當
迷惑掀開了迷惑
你讓臉上的淚珠滴落

幾時一口燙舌的火熱
成為你我心中的難過
片片綠意正匆匆腐去
曾經悠游相隨的魚兒
終因乾涸洄歸直
下底座

味噌湯／蜜多

有機的妳

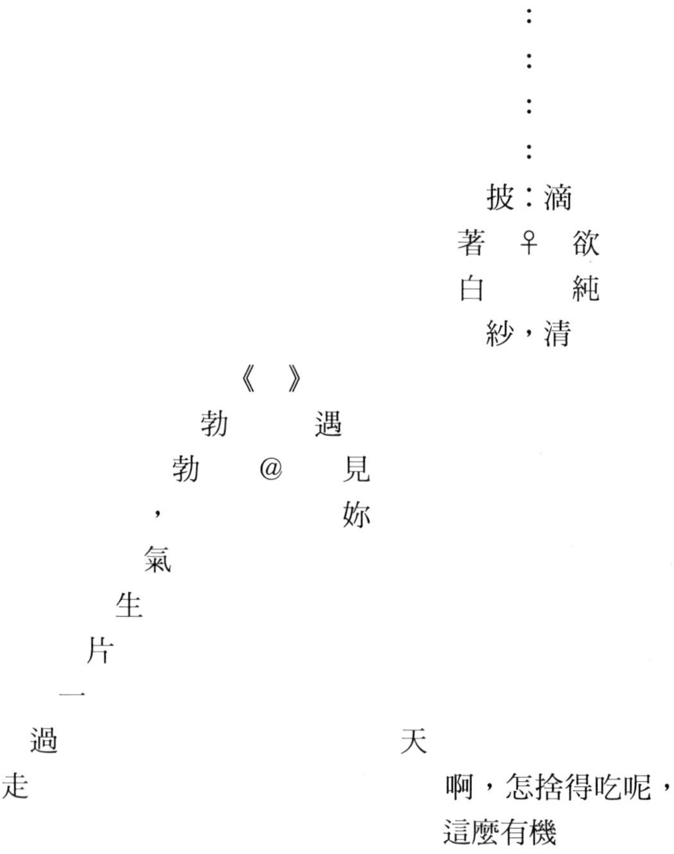

：
：
：
：
披：滴
著 ♀ 欲
白 純
紗，清
《 》
勃 遇
勃 @ 見
， 妳
氣
生
片
一
過 天
走 啊，怎捨得吃呢，
這麼有機

無猜

然後，我就淘取
醉不死人的月光
與妳共飲七夕

想起從前
我們都很能喝
只是還不能言語

○　○　○
○　○　○

○　○　○

爪來爪去，入非非之地

單
手
懸
掛　　　　　　　　　　　　　你爪以可支一有還界
整　　　　　　　　　　　　　　　　　　　　　世
個　　　　　　　　　　　　　　　　　　　　　個
人　　　　　　　　　　　　　　　　　　　　　一
生　剩下一支可以爪妳　　　　　　　　　　　　住
　　　　　　　　　　　　　　　　　　　　　　撐
　　　　　　　　　　　　　　　　　　　　　　腳
　　　　　　　　　　　　　　　　　　　　　　單

天霧記事

翻開一頁記事
我用白色覆過
冷然
　寫了一個字

酷

妳從地底探頭抗議說
燒酒濕透我的髮絲了
但
　這是傾訴的淚啊

憂傷

甫淚
在雨
都便　　起　莫讓 塵囂侵擾了憂傷
市傾　　騰
上盆　　速
空而　　速
凝下　　請
結：　　：
　：　　：
　：　　：
　請洗滌靈魂吧

望著

著撐飽吃人女個那
著洞空神眼上朝巴下
著走身側半人男的要需
著響的沙沙水口啊水啊水

望
著
／
多
蜜
羅
王

光說不練的季節有何用／肉肉的土地仰望半濕的雲／巴巴的怨著

喳

七星劍法
殺不殺
殺
，
殺
無
赦

八方佛法
超不超
超
，
渡
冤
屈

九轉神功
輪不輪
轉
，
化
危
機

死亡

海海海海海海海海海海海海海海海海海海海海海海海海海海海海海
啊啊啊啊啊啊啊啊啊啊啊啊啊啊啊啊啊啊啊啊啊啊啊啊啊啊啊啊啊
呼呼呼呼呼呼呼呼呼呼呼呼呼呼呼呼呼呼呼呼呼呼呼呼呼呼呼
嘯嘯嘯嘯嘯嘯嘯嘯嘯嘯嘯嘯嘯嘯嘯嘯嘯嘯嘯嘯嘯嘯嘯嘯嘯
著著著著著著著著著著著著著著著著著著著著著著著

死死死死死死死死死死死死死死死死死死死死死死死
亡亡亡亡亡亡亡亡亡亡亡亡亡亡亡亡亡亡亡亡亡亡亡

人
茫茫茫茫茫茫茫茫茫茫茫茫茫茫茫茫茫茫茫茫茫茫茫茫茫茫茫茫茫
茫茫茫茫茫茫茫茫茫茫茫茫茫茫茫茫茫茫茫茫茫茫茫茫茫茫茫茫茫

不不　不不不不不不不不不不　不不不不　不不不不不不　　不
知　知知知知知知　知知知知　　　知知知知知知知　　知知知
所所所所　所所　所　所所所所所　所所所所所所　　所　所所所
終　終終　終終終終終　　終終終終終　　　終終終　終　終終終

鳥

鳥

鳥

鳥 鳥

~

一一一一一一一一一一一一一一一一一一一一一一一一一一一一一

波波波波波波波波波波波波波波波波波波波波波波波波波波波波波

又又又又又又又又又又又又又又又又又又又又又又又又又又又又又

安啦（台語詩）

神　　　　　　　　　　　　　　　　　　　　　　　　神
明神　　　　　　　　　　　　　　　　　　　　　　神明
明神　　　　　　　　　　　　　　　　　　　　神明
撩明神　　　　　　　　　　　　　　　　神明撩
撩明神神神　　　　　　　　　　　神神神明撩
撩撩明明明神神神　　　　　　神神神明明明撩撩
撩撩撩撩明明明神神神神神明明明撩撩撩撩
熠撩撩撩撩撩撩明明明明明明撩撩撩撩撩撩熠
熠熠熠撩撩撩撩撩撩撩撩撩撩撩熠熠熠
乎　　　熠熠熠撩撩撩撩撩熠熠熠　　　乎
詩　一你乎乎乎　　　熠熠熠熠熠　　　乎乎乎你一　詩
一首一你你你乎乎乎　　　　　乎乎乎你你你一首一
首詩首一一一你你你乎乎乎乎乎你你你一一一首詩首
詩首首首一一一你你你你你一一一首首首詩
詩詩詩首首首一一一一一首首首詩詩詩
詩詩詩首首首首首詩詩詩
詩詩詩詩詩

歹好　事婚財健　王老仙　健財婚事　好歹
人人　業姻寶康　爺祖姑　康寶姻業　人人
無候　旺做車旦　會坐去　旦車做旺　候無
代時　旺風規就　舖乎南　就規風旺　時代
誌機　來颱載害　排在海　害載颱來　機誌

拜拜　拜拜拜拜　拜拜拜　拜拜拜拜　拜拜
拜拜　拜拜拜拜　拜拜拜　拜拜拜拜　拜拜

安　　啦

走光

假如肉體已經走光了／就脫掉吧
假如罣礙已經脫掉了／就打開吧
假如慧根已經打開了／就衝刺吧
假如衝刺已經結束了／就歇息吧
假如靈魂已經走光了／就出現吧
假如慾念已經出現了／就開戰吧
假如魔鬼已經開戰了／就毀滅吧
假如毀滅已經終結了／就安息吧
假如肉體走光了／靈魂也走光了
假如煩腦走光了／智慧也走光了
假如一切走光了／又走光了一切

我
就
光
光
的／在光中

無言拜曰

是否
不必說什麼　　　　就有了
就沿牆腳回去　　　　一點
讓我們用草書寫　　　　水築路
邀行者舞動那些雲　　　　的故事
你總是不願意說總是　　　　一些
無言的拜訪點頭致意　　　　祇用眼神
提什麼空乏性靈的　　　　子不語
除卻影像佇立胸口　　　　的標記
最終一切都將在地底　　　　飛起

知了

喧了

一些時候，一些時候，一些時候

知，不知，知，不知，知，不知

知了

輯三

一眉仔月光

一眉仔月光

寂寞的男人，求神給一些清幽，為了品嚐虛無並驗試黯然的力量。

當接近黯然時，男人卻抱怨那虛無的韻味不夠深沉。

神就以烈陽擊打背面，在他的前方潑灑一大片黑陰。

其實，清幽本來是一種淡薄的酒，但在黑陰中會二度發酵，以至於破窗而出，飛向虛空中的虛空。

午時三刻，男人就將啟程了，被暗戀的女人隔窗嘹著。她幽幽的臉龐上亮開了一眉仔月光。

「一起擁有我們的清幽吧！」男人抱起黑陰，抬頭揚走了寂寞。

墨竹

每日都是節，每節有憂鬱的葉子。當七月暴行祂的險風，就是妳我相會的時刻。可曾是相偎依的石頭，被哀憐溶了又結，解了又涸，反覆交侵著擾著困著。

試著療化這些痂結時，我的生命總是愈發腫脹，石頭也愈加哀傷。誰能忍住千年的陳墨，然後在一夜間狂洩？憂鬱的葉子啊，妳何必有節。

騷人三部曲

騷與我

那騷，跳上我的耳根，哀求著，幫我抓癢！但癢是誰呢？我到風裡尋，到浪裡找，只是聽到了騷動的聲音。

夢告訴我，在黑暗的海底，癢曾隨冰山浮出過。可是即使潛入極深邃的地方，漂流著，還是找不到。緊抱著無意識被沖上了岸，有白馬憐憫地注視著我空乏的身軀。

當我騎馬離去，那騷竟順著蹄聲，哀哀的唱著，癢就住在文人的想像裡。最後，我乘載這匹紙馬飛上天空，尋到癢處。但，癢卻始終不承認祂的身份。

底色與你

你掀開傷口來求援，裡面有憂鬱的小孩。很久了，小孩跌落極黑暗的底部，強烈哀號以至於無力地哭泣，誰來救我。

讓我替你祈禱吧，羽翼輕靈的蝶鳥振翅而來，進入那底部的底部，超越了底限的底限，只見到幽冥的玄祕，沒有小孩。

可是那是怎樣的哭聲，一直迴旋盪漾？那是怎樣的你，至今捲成一匹，不斷奔馳的憂傷？有人告訴你，這是想像，有神說，那是嬰兒的靈。

為了真相，你舒展身軀，檢驗憂傷的畫布，赫然發現時光留聲機，一部發出哀號與哭泣的機器。我揮揮彩筆，塗上底色，從此沒有憂鬱的小孩。

我的底色，是否也是你的底色，始終不得而知。況且，你到底是誰呢？

行道樹與他

這一輩子最愛的是他。這一輩子最恨的也是他。他是誰？每天隔玻璃望著窗外，冷硬的都市叢林，穿梭不息的機器，熱氣囊四處漂泊。誰是他呢？

一株秀髮披肩的行道樹迤邐而來，經過我的心田，敲擊著滿是塵囂的玻璃。我有溫柔可以填補你的寂寞，我就是他。說罷輕咯幾聲，竟張開枝葉飛走了。

日復一日，陸續有行道樹到窗口訴說，我一一頷首致意。長期送往迎來，玻璃上的灰塵愈積愈厚，我的心眼也愈發模糊了。

終於來到八月，雨神把都市的生冷送過來，夾帶著婆娑的淚眼說，這就是他，你日思夜夢的。我擦拭著水珠，街道消失了，熱氣囊不見了，他也走了。

其實，玻璃的這邊一直有著寂黑空曠的廣場，只是沒有畫上人行道。在空寂中我化身為行道樹，我想，行道樹就是他。

七夕新神話：嬉戲在天空

話說七夕，那個頂著黑陰的男人又出現了。
此番，神給了一支五色筆，讓他盡情揮霍。
多麼紛擾的大氣呀，居然就混濁了女人的夢境。

女人和男人一同回到年少時，輕步走過鵲鳥的嘻哩哈拉，像情人一樣約會。
他們嬉戲在天空，驚雷卻突然掩面走來，惡水則沖走了星星和神話。

男人的夢早已遺失，回不去了，只得在寂寞的七夕裡停留，一千年，復一千年。

男人憂憂，女人切切，七夕之戲也。

（七夕再夕，致霧派憂切）

時間

你提著鳥籠來敲門，呼喝著要販賣時間。我審視籠子，一副撲翅撲翅的聲音，就迴盪在黑洞的上空。時間是儲存在黑洞裡嗎？深不見底之處，看不到使用期限，不知是否已腐敗。

等我去天堂回來再購買吧，但我想要的是一個走在寧靜小路上的時間，即使他飛不起來，也只能咕咕地囈語。

明年再見，時間之神！就讓我們相約在門外，在那自由的天空下，新鮮的小路上。

大蟲

我愛假日小木屋，更喜歡它的旁門左道。

趕在雲朵帶著陽光來彩繪牀單前，我就越過窗台，來到有谷風的田園。

移動時，我的肉體與影子同行，靈魂就走在光中，多麼浩蕩的三人行！

這是個到處有蝴蝶，蜜蜂，同花共吻的園地，我雖因他們的不在意而驚慌起來，卻又很快地滿足於一個全無戒備的國度。

走著，走著，居然就發現了皇宮，啊！與陽光一起閃爍的宮殿。

在綠草的尖端，群集的晶鑽閃閃發亮，純白的樑繩直線交錯，營造成美麗的宮頂，這真是令人銘記靈內的皇冠啊！即使覆上我的影子，也抹不去他的光采。

宮殿的主人呢？似乎微服出巡了，我走遍草原，林間都找不到他，一朵雲飛過來說，國王正前往崇高的巔峰，尋找摩西發現的誡石呢。來訪未遇，我環繞著聖殿的光芒，悵然行走不知所終。

嗯——嗯，哼哼哼哼哼！一位英挺，長成乳羊模樣的大使在上方呼喚著。驀然醒來，晶鑽都變成了露珠，它們是蜘蛛網上群集的寶石。在我返身途中，竟發現卡夫卡（Franz Kafka）的影子就在身旁，這時我開始懷疑，可能是卡夫卡化身的大蟲逃出來了，而那隻大蟲就是自己。

（夜宿某渡假村，清晨散步有感。）

一支草

一支草只有一點露，妳從露裡出來，比姆指姑娘的姆指更小。我壓低再壓低，聲音只能彷彿在唇間，就深怕妳受到颸風的驚嚇。

可是要如何呵護妳呢？巨掌，是可怕的怪獸，胸膛，是垂危的峭壁，懷抱，熱火會把妳燙傷。肩膀，哦，妳來到了肩膀，一個似乎安全的地方，不過我必須蓮步輕移，恐怕無法帶妳到處看世界，日出和夕陽。

小小姆指姑娘呀，就住在我的心房吧，這裡有溫暖的和室，有潺潺流水，有令人振奮的鼓聲。我的心房，將為妳調節溫度，四季如春，我內在的萬千溪流，將載妳遊山玩水，不管日夜晨昏。
在寂寞空曠的草原中，我選擇了這一支草，有芬芳，也有露珠。雖然只是一支草，因為有妳，我就擁有了整個天堂。

飲兵衛

有一種「侂」，堅持用背部前進，淩空彈爪，口鼻不斷哼呼著，耳新，耳新。

迎著潮流，我瞄視他的耳背，隱約是兔角，而且正延伸著。

有一種派，必須在霧中調味，復於門口張掛著忙人勿近，以致容易閒閒誤闖。

經常我望著半掩的門扉，主人卻已逐電而去，雪樣的天空兀自懸盪著。

聽說，「侂」是一種留鳥，從不隨氣候遷徙，酒食無虞，表面暢氣，卻總是製作一些糠末，讓人空歡喜一場。

不過，我還是喜歡他淒絕的內心，不忍稱之酒鬼，暫且尊為飲兵衛。

註：1. 飲兵衛，日文，嗜酒之人。
　　2. 耳新，日文，指新鮮事。

殺死了一個月亮

話說霧派一夜未眠，乘著酒氣駕臨大目降。

值夜護士拉著大香腸迤邐而來，霧派卻迷離於未淨身的裸女。那犬狂吠。

霧派曰／瘋狗吠霧不吠月，智者草木皆兵。兵，可用也。

米羅的吠月之犬自1926長吠至今。

霧派好之惡之損之習之抱之棄之，月本然照之，犬依然吠之。

遂幹之曰／挾紀絃之裸以攻之，斯可安養天年。不吠，善吠者也。

霧派走向婆婆媽媽的市集。

有婦人質問婚否，霧搖頭晃耳示之，心儀者嫦娥，然已奔月數千年。

驟狂嘯曰／一月嫦娥千年霧，殺之，速殺之。
神迎風作響／已殺之，殺之者阿姆斯壯也。

霧派悲鳴／愚者殺死了一個月亮
爾後遂終日隱居酒瓶中
偽裝成一支憂傷的小草

後記：霧派不在霧中，屢是觀者自墜五里雲霧，視之為霧派。

輕劍山

其實，早在頑少時，就喜好舞劍。諸如竹劍、木劍、塑膠劍、枯樹枝，均能呼呼有風。

到了俊壯之年，改偏愛拔劍。拔山石、枕木、甘蔗、交通號誌，以至於保險套，樣樣精通。

現在，這些都是當年勇了。我已漸漸習於把劍輕放在褲袋裡，就怕傷到自己。雖然偶而，還會想要安置在她的皮鞘裡，但總是小心翼翼、輕輕地，假裝很銳利的樣子。久而久之，練就了一種特殊的劍術，我稱之為「輕劍法」。

看吧，我走路輕輕、說話輕輕、輕輕的拉起愛人的小手，寫了一首輕輕的詩。有天遇到多年不見的頑伴時，我輕輕的對他說，知道輕劍山嗎？那是不再被否認的，我的家。

輕劍山，到處都是圓滑靜謐的，只有用鑰匙開門時，才會唉喲一聲，並且激凸三秒。那是仁者智者以及好友們都進不去的境界啊。

註：1. 輕劍山，遠離天下第一的爭戰。
2. 好友霧派將於豆皮個展，遂為之序。

斷念台

醒來時，感覺是躺在潮溼柔軟的地方，等待著。他們來了，啊，種子，多麼標緻美麗的種子啊！說著就把我放進口袋裡帶走了。

從此他們用歌聲澆灌我，用故事餵養我，每日數十回，查看有否冒出芽來。
存心開玩笑吧，我就一直忍住，忍著，不願探出頭。

死了，這是一顆死種子，澆不活，喚不醒，養不大的死種子呀！不知沉睡了多久，我聽見議論紛紛的聲音，並且從靈魂進出的甬道中窺見，他們的眼中不斷掉出失望的灰燼。

看來還是不願放棄，他們日夜歌唱讚美神，祈禱，種子趕快發芽吧！那些歌曲我都會唱了，我也會為自己祈禱。但是，我依舊忍住，而且守著忍住的祕密。

其實，我是想出去的，只是外面的光那麼強烈，曾稍稍瞄了一眼，內心就焚燒起來了。這個世界的壓力，不可承受之重啊！

久而久之，歌聲中開始穿插著哭泣，以及安慰，他們偶而也會討論放棄、不放棄，或者放棄即拯救的問題。我還是堅持忍住，就讓自己成為一個祕密。

有天他們討論之後，終於決定給予最後的晚餐；在聖水澆灌之後，把我移出花盆，清空那些肥沃的土壤，把我置上本來要放獎杯的台座，旁邊有一顆象徵性的礫石。

天啊，這是獻祭啊，一直裝死的我，這下可真死定了。可是，最後的尊嚴仍要守住啊，我忍住；在祭台旁，他們唱著聖歌，一回又一回，一日又一夜，然後把我拋棄在草坪上，走了。

從此，我就赤裸裸的攤開，任由陽光、月光、星光試探，任由風雨吹拂與澆灌，一天又一天，一年又一年，我想說，這是既溫柔且暴力，一種嚴厲的撫慰啊！但仍然忍住，這是祕密。

終於，祭台上只剩下祭台，風、雨與光，都化成了鐵鏽，斑斑點點，漂亮！他們圍攏過來說，種子在地上死了，將會獲得新生。我想，已經不想了，要守住的祕密也不再了，世間的磨鍊與爭戰本是一場空，如今，我就像那些鐵鏽，展現了自然美麗的面貌。

男人的情詩

男人，寄出一首易燃的情詩，想像著猛烈的火焰。

這女人可是防火的，正是男人偏愛的那種，內心有易燃的泡棉，外表卻裹著防火材質。她可以吸進大量男人的情話，對於火，則遠拒在門外。

男人久攻不克，只好改弦易轍，寄出一首易溶的詩，試圖溶解防火材，再點燃她溫熱的內心。

不料，女人久候不耐，早已改裝成外表有易燃泡棉，內在則冰冷防火。男人只是濕透了一身，又無功而返。

男人自陷於水深火熱，夙夜難耐；經過一番長考，遂決定祭出怪手，拆解了防護牆，直達女人的內心。

最終，他寫出一首冰烤情詩，配了一杯紅酒，把她喝下去。

誓言

選舉的季節，掌管發誓的神忙碌起來了。

某日在神聖的誓台，政客像一支伸縮喇叭高聲叫喊著：余誓以至誠服務人民不貪一毛不領薪水全年無休不關手機不拒求助不怕惡勢力而且，只選一屆。

此真賢士呀！神屏息聽完不禁感嘆得呼嘯起來，口氣之大，把政客的衣物都掀開了。但見他身上貼滿了毒誓，每一則都有神的印記。但是下方都有兩個紅字，「不算」。神忿怒的撕去，撒向台下。

民眾正沉醉在當主人的喜悅中，看了就歡呼說，聖神降臨了，這人一定是被派遣來的。就投票給他吧！

這是什麼鳥

有一種鳥，選擇了特別的行走方式，用上下喙輪流定位前進；久而久之，竟發展出用肛門講話的特異功能。牠的語言雖含有異味，卻能傳播千里。

這鳥，經常把喙卡在老幹新枝之間，揮舞著雙爪，向鳥族們發表，下個世紀就是鳥的世紀，我們將統治人類，諸如此類的言論。牠被稱為鳥中之鳳，是族鳥們的新希望。

四年一度的優鳥節到了，因為循例要選出一些代表，學習倒著走的鳥愈來愈多了。有一天，上帝來到了二十一世紀的叢林，驚異的問隨行天使：
「這是什麼鳥？是我創造的嗎？」

天使一時語塞，囁囁的說：「這是新品種的鳳鳥，來到世間很久了，是另一個上帝創造的。祂的祖先名叫德謨克拉西。」

無畫論

懶的我，突然想畫些什麼。

這時候，沒有工具材料。我注視著虛空，耗盡了全部靈感。妳說這天，深淺明暗幽雅清麗玲瓏有緻，不是樣樣具備了麼？那還有什麼好畫的呢？

我持續困惑著，鬱卒著，踱著方步。最後，毅然走入虛空，像幽魂般飄浮流蕩。瞬間，我覺察自己是個不定形物，而且，已參與在作畫的過程中。

當人存在時，畫是不存在的，但人又永遠無法否定畫的存在。

那麼，妳還相信這世間，真的有畫家嗎？

或者我們都無所謂，只是繼續信手捻來，就像出口成詩那樣。

我撞到了我的影子

在漆黑的內室裡，我和神對談。

神指責我，終日昏昏沉沉想詩；我怪神，總是躲在暗處說話。

神擊打我的頭，我驚惶逃出。

在門口，我撞到了我
　　　　　　　的影子。

心照

無意中，進入了不確定界域，聽見微弱的喃喃。雖然試圖摸索，卻一無所獲。我想，這是X，不可觸摸之地。

於是，喃喃成了唯一的伴侶。它是沒有遠近，沒有形態，沒有心念的，不是聲音的音聲。我既喜悅又惶恐，置處於這個恐怖又迷人的奧祕。

不清楚多久時間，忘記了日夜交替，晨起昏息，只是不停的冷卻再冷卻。而週遭的趨迫，慢慢接近，接近，喃喃著：我即是喃喃。

最後，更深沉的黑暗來了，當它照亮黑暗時，那不確定的X，終於豁然開啟。

厚葬
——悼商禽

鳥飛走的時候，大地也漲了。一隻耳朵，兀立在無言的山丘上。

我們都無言，不知該如何悲傷。詩人，路邊一支草，習常在人們叫得出名字前，悵然凋謝，再從地底伸出耳朵，張望這個世界。

對於一支草，這個世界默默，不知如何哀悼。我們噙住了情人的眼淚，卻覺不得詩人的抑鬱，我們聚光於黑影幢幢的厚葬，卻無視於滿谷杜鵑的哀傷。

昨夜，眾多詩人來到了神的應許之地，露珠之城，因月光榮耀他，以蟲鳴讚美他，用200首詩厚葬他，然後，我看到了一支草的安息。

別了，就讓一坏詩集伴你長眠。就讓一個夢去追趕黎明，尋找杜鵑偕你啼叫的明天。

傷停
——紀念商禽

走在長頸路上，走向逃亡的天空。

你為了擁有全部的明天，選擇丟棄今天；你的鬱卒，是超越現實的最現實。

迷霧散去，傷也停了，你用思想的腳，叛逃，用歲月的影子，飛行。

你寫出的最後一首：沒有黎明的夢，裡面噙著我們的淚水。

獨腳仙

我走了，走成一首小詩，不再說再見，不再有逗點。
在山頂，不知之雲，緊緊地盯住我的髮，冉冉上昇，
於是雲進入了我，我化成了雲。
腳底下，故鄉的草木齊飛，我隨著夕陽走了，不再回頭，不再有嘆息。
就留下一只靴子，讓在世的孤獨者憑弔吧！

（寫於李昆霖紀念展前夕）

約會（台語詩）

逐時，阮若約佇山頂，我就會車歸暝，未到天光緊出門。逐屆，伊攏遲到，等甲拍濳仔光，佮一隻鳥仔慢慢仔出現。毋擱我未受氣，因為伊是我的老師。

橋頭，我的老師，時常教我欣賞雲彩的厚度，樹影的長度，日頭的角度，彼時陣，肩頭彼隻鳥仔就發出啾啾聲，伊講，大自然是咱的寶貝，上婿的愛人。

約會，交換心事親像傳送機密的情報，只有鳥仔佮樹仔知影。伊的愛情，我的心情，攏總寫佇雲頂，呼風載去。日頭愈來愈光，阮的心肝也愈來愈清。

今旦日，我擱來山頂，伊一直沒出現，只有鳥仔踏佇土堆頂頭，單腳，向我 ia't 手。昧擱出現囉，伊佇崩山彼一日就離開了，去一個無名字的所在。有一暫，我時常來找伊失落的目鏡，這 ma 我一直感覺，彼支目鏡就掛佇我的目睭前。

註：1. 讀周夢蝶<約會>，紀念李昆霖老師逝世周年。
　　2. ia't 手：招手
　　3. 毋擱：不過
　　4. 即ma：現在

輯四

問路用一首詩

何如謂詩

果然是純真的詩
不願流落到紅塵
朗誦須在原始季節
句句要沾上鹽巴
果真命中有洞，
進去之後，再進去
便讓愛情豁然開朗

問路用一首詩

聽說，路在嘴巴裡面
他就用言語開家店鋪
行人熙來攘往，問路
進來的都要唸一首詩
久又久之，裡裡外外
盡是花朵尾蝶與露珠
迷途的羔羊回家啊一
起唱歌跳舞一起吐絲

開光點眼

小時喜歡星星
長大愛戀月亮
老了偏好太陽
死
去
就回到天空

上帝說，來吧
我要重新開光
　　　　　點
　　　　　眼

生命

因為釋迦
所以牟尼了
因為耶穌
所以基督了

他們都和種子有關
也和死後生命有關

（當我在死去之前死去，就得到了死前生命）

去了了
——讀「周夢蝶八十八歲生日自壽」

（一）

去了了去了了
蝴蝶超越了夢的高度
再也回不來了

蝴蝶好想回家
棲息在威音王柔軟的腿上

蝴蝶結跏而坐
不再鼓翼

（二）

去了了去了了
蝴蝶失去了夢

化成微笑的花
蝴蝶在花的翅膀寫下

去了了去了了
原來，威音王
蹲在這裡已經
很久很久了

註：1. 去了了，台語。
　　2. 空劫前無佛，威音王為第一尊。
　　3. 驚見周夢蝶詩文集〈有一種鳥或人〉P.118。

知了

一隻蟬的翅膀腐壞了
不會叫了，只是
直直坐著

一個人整日說
知了，知了
禪就躺下來
鼓動翅膀，原地飛行

然了

一日山中散步在鳴禪樹下聞道
了
然
啊
了
不
了
，
然
了

狼煙

明年要來了
我們用問號點燃眼睛
升起狼煙，許願

第一願，希望都實現
第二願，停止漫長的等待
第三願，不可說
只是神祕地仰望著

在上空往上的更上空
如若，上帝拋下媚眼
我們便朝極樂的地方飛去

思想的遊戲

（一）瘦世帶的盲龜

自從轢殺了一條青蛇
就再也不開車上山了
時常我豎起膝毛，忍住腳足
就為了尋回遙遠的故事
樹上的苦蟲對著我說
髭面郎啊，為何總是在闇處邃步？
我說，這個世界瘦了，以致於
只能像盲龜一樣走路

（二）鯨波

告別昨日的水模樣
我進入了瘦世帶

不再伸出奇麗之手
只是讓兩膝相互詰問
如何點燃一隻雲豹？

在寫場，我使用腹藝
對於那些不斷掀起巨大鯨波的
不再贈之以噓言

（三）留鳥

他們習慣，巡弋於清晨的邊界
等待鯨波疲軟地退去

他們喜歡點燃兩只燭光
溫熱一盞寒星，在矇曨中
啜飲生命的符記

今夜的寂寞，無關氣候
雖有留鳥盤旋於虛空

在枯萎的網膜裡，盲龜依然是邃步
玩著思想的遊戲

螞蟻和獨腳仙

如是我聞
螞蟻擁有
一對手足
四隻全足
往返綿延
片片相思
小樹林

而獨腳仙
一已俱足
行走崎嶇
重重靜默
小山丘

因寂寞
我們給孤獨

而祇樹亦是
一已俱足

如是我見
雲無言漂浮

豎子新解

源於不絕，不知
不可觸摸之地
源於盤古，無法天
無有善惡之園

豎子不豎，笑臥無情量劫
遙祭前世，前前世，前世
之前再前，逝者如斯無盡
無無盡藏藏存於繭，隱然
去路歸途，盡在毫米之間

何為豎子？封山，閉關
趺坐來世寶藏，默待飛騰
神靈傾盆澆灌之際，投胎
不可觸，不可知，不可塵紅
無有日月奔勞之宇，亦且

祇行投胎，祇行依依然
恆不誕以，生之有限

豎之將，至騰騰於道
無明無邊，無雨露風乘
源於霧，有舌鼓動自身
神話遂奪門而馳：
有豎共遊，前世與來生
豎者非人，非物，無為
無不為，不即不離
無有當下焉

（且讓今生之為豎，無德無言無功，遂能盡存寶藏。）

玄珠

不曾知道珍愛的
從魚尾，游向前頭
洄瀾就輕靈舞動
訴說的　玄珠
不經意左旋，右轉
就把樂譜成時間

揭開窗簾又闔上
讓玄珠漂向雲尖　飽含
過眼雲煙，讓塵世的
不可承受之重，墜落
存在的深淵

一年復一年
玄珠走在我前

召喚鏡像，叫出
難以尋覓的童年

我愛玄珠　就讓玄珠回家
不再留連

耳垂

不復有夢，偏
痴想，一丁
愛的耳垂

就學春蟲，悸動著
觀想溫柔的迴旋　就
假裝垂詢黑洞
讓塔台向著波音
一年　又
一年

當垂垂老矣
耳垂將
不再公轉　只能
迫降
在肩　像

像似一丁
佛緣

面

以為隨便說說，就說出了
面
其實只是說說，終究見不到
面
在深山，雲深不知
面
有虎，有兔，有牛，有鼠
面
有空谷幽蘭或險阻

以為隨便見見，就俱到了
面
其實只是虛弱地，抓一把
面，天可憐
佛或有四面，人卻有千見
面佛容易，人面難面

佛曰
面面一生
無面可面

相欠債（台語詩）

神明乎你一封批，講你前世
相欠債，卡會千做未好勢
神明送你一句話，趕緊拜拜
拜乎頭殼犁犁，徛乎像金雞
介重要，冥日用「仙」來獻祭
保你，猴子猴孫濟濟濟

卡緊看，看到的攏是你的

虻仔恰恰（台語詩）

蛀仔，虻仔，飛佇巷仔
跳舞無停，世間無情
人講掌聲親像生命
阮就恬恬逃入窗仔

鬥鬧熱（台語詩）

有情的筆佇遮，無情的劍嘛佇遮
伊拿一桿秤仔來
　　　　　　秤
　　　　公義佮卑鄙
今旦日，阮嘛來鬥鬧熱
雲佇天頂唱歌，河佇頭前唸詩
霧來水也來，越頭，
咱的新文學佇遐，騎著洛克馬弄弄來

註：紀念台灣新文學之父賴和117歲生日。

輯五

禱告羊

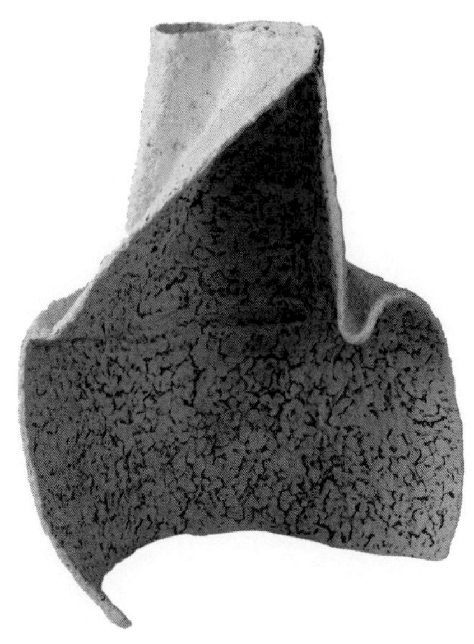

禱告羊

中午吃煙燻羊肉我有看電視
在太麻里隔壁，他們趕羚羊
這種古老的習俗充滿野性呼喚
尤其見路不平，更要用力趕

（我在點菜單畫了三隻羊，禱告）

晚上睡不著數了千千萬萬羊
突然你問起顏色，我說莫宰羊
自古以來就有各種羊群逐草而行
只是，在荒野中他們需要領頭羊

（在夢裡我看到了黃金牧羊犬）

早上和天主談話我請求國泰民安
想到今天生日我祝自己健康快樂

窗外藍天白雲青山綠草羚羊飛躍奔馳
他們追逐陽光，不用趕

（天主祝福這土地說還好，沒有大野狼。）

裸的可能性

海俠從對岸走來
與我們赤身擦過
就檢視彼此的指縫
一種相對裸露
反身勝利的可能性

海羊從東方奔馳而來
與我們腹背廝磨
就把指甲修成相似
一種堆積化身
掩飾裸露的可能性

當年，從一數到百
兩俠就在指縫間談論
皮套裹身，或在手盤上默觀
袒裎相見，或以十指交合

祈禱出各種潮音
是否，百年來一直
我們就喜歡握拳比出勝利
讓生命輕易裸露
血色的掌痕？

百年了，是否我們能夠張手
尋求一種裸身
Give me five 的可能性？

（民國一百年觀察報告）

唉

唉，每碰到傷口就唉
當大山說小山說你不是山只是丘
就被比了下去，唉
當大樹說小樹說你不是樹只是苗
就矮了一截，唉

當眾雲都說你不是
獨立的山獨立的樹，說你
只是附屬關係，唉你
就開始懷疑自己的身份

到底你是
一種聲稱偉大的細小
一種號稱挺拔的彎曲
或者，你只是一種
不確定的，唉

（當你的國家老是不受承認時，就有如經常被碰觸到傷口那樣，總會唉一下。最近的楊淑君事件又觸及了這傷口，我們如思考做為所謂一個國家的應為及所能為，就不禁要感嘆不已，唉之又唉了。）

紙片人

從前世走來
他們就把你編號
像一株杉木
串連同類，報數
ABC 配戴 234
安置你的身份

你的身份
從一方白紙開始
囚禁你的影子
附說明書，紙片人
made in 某地，
製造於某年月日

紙片人，你薄薄的身子
有二十一道機關，防止入侵

防止你不是你，防止你從河
的另一端漂浮過來
卻認不得你

一片紙，讓你
認識你自己，說明自己
並不是幽靈，是紙片人
紙在人在，人亡紙亡
紙片有遷徙之自由

年復一年，紙片飛揚塵世中
你化身纖細，更纖細
飛向西奈山，佇留雲端的
一個上帝，我說你的身份
確是原裝，不用保證書

到底你是誰，從哪裡來
要往哪裡去，你在紙片裡
悵惘若失，默然結跏
趺坐十字路口，讓我進入
你的驀然醒寤

聽我說，I am who I am

而你說，你就是你

註：1. 新式身分證，具有二十一道防偽設計。

2. 舊約聖經第三章13-14，耶和華告訴摩西：I am who I am（自有永有，自存之意）。

八月八日無名氏

我知道，這是在夢中
黃袍加身，夾帶著玫瑰
我確實知道，這一定是夢
群眾的歡呼，像狂風一樣猛烈

還記得昨夜
我穿著有夢，走進最美的部落
小林，一幅唯美的印象
品聞花香鳥語，走進畫裡
等待日出的第一滴甘露

但我不知道，這是白天或黑夜
好像晨光都擠不出縫隙
而且土黃的滴流狂奔，呼嘯而至
在我和畫布都來不及躺下的瞬間
身體已變為螻蟻，黃袍居然都是彩泥

我憤怒的吶喊著，卻無聲
我張不開的眼睛，似乎看到了
孟克筆下那腥紅的天空

雖然我依然不知道，
為什麼，醒來還會在夢中
但小林，故鄉已不再挖掘
變色的小林，已用那隻顫慄的手落款
己丑年八月八日　無名氏

小林與我
是一個既美麗又悲慘的故事
也是一幅永遠無法導覽的圖畫

水知道

大禹逝矣
誰與雨神相親，水知道
閒雲輕霧
何時蓄積殺氣，水知道
八八拂曉出擊
沙沙億萬軍，片刻掩至
水知道，但水不能知道
淌血的魂魄飛往何處

周公已矣
御色羽衣的鳳鳥何在，水知道
旋舉蒼生的機智人
聞笛舞起雨神祭，水知道
莫拉克一夕風行
有品有森呃呃之士，迎風而至

水知道，但水不能知道
雨神和鬥禽的口水有何差別

小林去矣
宦宦之濫意域云何，水知道
武功少林山城暢行
百年腳根印上災難，水知道
蒼翠的愛日夜流洩，奔騰而來
水知道，但水不能知道
純真的愛字是爽口而不油膩

百年一次，雨神宣示大水的故事：
人的道，有些無法理解
但山水之道，水都知道

莫拉克刺槍術

雨水走了
口水來了
爭論走了
刺刀來了

八八步槍，上刺刀
刺槍術，刺——刺
刺不到就開一槍

路旁一個哀傷的孤兒哭著：
不要再刺了ㄌㄚ˙
快來救我

撒旦的獻祭

東方的地牛來不及翻身
就被巨大的深淵吞噬了
魔鬼呼嘯著噴出滔滔口水
死亡和失蹤都無力逃走
天照大神試圖攔截的末日
在撒旦的掩護下倏然來臨
狂烈地歌唱舞蹈著，他們
正進行一場血腥的獻祭

（2011年3月日本大地震引發驚人的海嘯）

當歷史成為風景時

有人仆在街上
有人走入風景
有人繼續向前滾動
社會已化成了流質，一種意識
專家們還在試圖晾乾歷史
夕陽，就成為錯誤的館藏

他們叫阿貴啊，回家吃晚飯
你說我何能回頭，即使用千人移屋
也只能聽到機械的叫囂，我說
不必管他，大家來賽跑！

註：走過楊逵（原名楊貴）紀念館有感

不纏

他們說，有霧！
從此，女孩就走失了
他們說，unwanted，不要來纏我
妳是種姓之外的另一性
是賤民之外的另一件
是首陀羅遺失的一首歌
他們說，karma！在恆河億萬沙的沉默回應中
女孩已到達彼岸

註：近300名印度版「不纏」（unwanted，台語「不要」）女孩，2011年10月22日在一場官辦的改名典禮上，正式揮別帶有性別歧視意味的名字，展開嶄新人生。

霸凌

凌波之上
鳥霸魚，魚霸蝦，
神霸人，人鴨霸，
淵藪之下
蝦欺魚，魚欺鳥
人欺神，鴨霸人

罷了，
通通歸去！

拒學

拒學之一：黑

就是那莫名的黑
擋住了上學的路，我說
腦海裡掀起了漩渦
腹腔有蟲正翻騰著
他們都不信，只是一直問
那個黑到底是什麼東東？

拒學之二：洞

我發現自己在洞裡
巨大的蛛網張掛著，荒涼
尖銳的鐘乳石猛頂背心

我是株小蔓藤，就要死了
「看，上面的鐘乳石有水下來了」
黑暗中傳來野人的聲音
（野人像似爸爸）

拒學之三：麻糬精靈

把手縮回來，再縮，縮
就變成這樣一團，我是
麻糬精靈，可以依附
你的頭，你的手，或任何
可以成為貼紙的地方
（請不要看著我）

拒學之四：外星象寶寶

圓圓，圓圓的，圓的
外星象的鼻子破殼伸出來

吸食學校上空的流星
藏在蛋裡的腳步，在門口徘徊
就是走不進去
（老師不要催我）

拒學之五：被瘋飄起來了

好不容易抓住了一條鋼索
不明的什麼卻把我飄起來了
喔，小心，那是瘋啊
請不要叫名字，綽號，或其他的
現在的我，什麼都不是

拒學之六：魚缸

我喜歡畫魚缸裡面的
一片海草，一群魚
魚在上課，我也在上課

草輕拂著臉，沒有誰特別注意我
老師是可愛的海豚，不是鯊魚
嗯，我喜歡
（媽媽，其實我想上學）

輯六

玄秘塔

這一夜

當妳勇於說不的時候，時間
變得愈來愈稀薄的我們就決定要
起義，沒有武器不用行動，
只是想。

我正凌空飛行，
在那個遠離地面又與太陽保持適當距離的地方
到處追逐意圖承接妳的冷豔所滴下的，
那澄澈的安慰。很突然
一艘將進港的巡洋艦不斷叫囂，
聲音像極了公狗。不必說了，
我們回到房間，心靈的內室，再次
想了又想。

夜晚抹黑了妳的每一片肌膚只剩下，眼光
我閃躲卻避不開身上那隻老虎與天花板那隻對峙的上

顫音

這個空間漸次淒絕，妳再次說不必說。只好
我們回到床上，帶著沒有任何心靈摩擦的喜悅
想了又想。

當她舉起後腳時，我們開始談論

當她放鬆後腳時，故事就逐漸成形
我們多麼期待啊，這一灘熾熱的色彩是否有
書寫另一種曖昧的可能

於是，回頭我們又釋放了對妳的談論
終究大家都必須放下後腳

註：關於一隻流浪犬路邊尿尿的討論

派

撿起遙遠的故事他們說
有霧，我的心就懸了
多麼喧囂的林園啊
女人紛紛擺出牡丹的姿態
男人則刻意隱藏求偶的聲音
最終，我凝視有如衰老的鷹
而羽翼未豐的他們，也只是暫且充當假山
伸展單手，環視明日即將成形的

派

註：記一場非展覽的展覽

問候語

這是常態
覆水會噴射水跡像似
妳倏地舉起銳利的筆
不然，我們又如何了解約會的意義？想想
親愛的，只是問候就像
樹鳥對著樹葉道早安
而那枝，幹！為何老是晃動著節奏？想想
既是風塵僕僕的女人
必能道出駱馬的可愛
不然，我寧可成為妳的
寂默

看到沒有

聖誕夜，他們沿路分糖果
看到沒有，神要誕生了
有人報佳音，有人唱歌
有人吃平安飯，有情人
趁機求得一個浪漫的夜晚
另外有人，一邊走路飲酒
一邊高唱哈列路呀

回家了，他坐在空空的房間
翻開佛經，看到沒有
佛就在心中，不必外求
放下，放下，把書丟出窗外
望著胸口，看到沒有，佛呀
這就成佛了，怎麼沒有
他摸摸口袋說，糖果呢

平安夜，遙遠的聖誕燈閃爍著
看到沒有，天使正翩翩起舞
這個季節好冷，他熄滅所有的光
捻著自己的心微微笑著
沒有人呀，看到沒有

想，像

把心中設在中心
我就想，一直想
想到發火，想到把想燒焦了
回頭重來，繼續想

像妳一直在，顯像
我就轉頭，不停轉頭
360度，轉成千面佛
當一切是空，我重新
張眼，

望著妳望著我

宿醉

睡，最是醒的時刻
愛死恨死，恩恩怨怨，悲傷或快活
都在夜幕拉開後上演了

清明，最是夢的機會
我們走向情人約會的老地方
繞回來，經過先父的老別墅
一路上，煙霧茫茫

醉，最會走入真實的世界
你在連續說「幹」之後，不停的預言明天
說到忘了詞，還不肯停止

玄秘塔

好吧，就決定進行飛航中的迫降

拉住那糾纏得像節後聖誕燈的星斗
餘光震盪且白髮躍然，我們乏力欲振喉管阻塞
卻膽敢大聲斷言，神的世界再臨此時
只有空氣靜默地回應著，聽到了聽到了
曾文溪口菅芒芒的情歌，我默想妳
心中有一抹玄祕的河

妳帶著火種進入水中繁殖粼粼的波光
期待明日將如此盛裝走向濕漉嘉年華
水母一直漂出異色的泡沫，我用聖經
把愛與河分兩邊，一隻小螃蟹帶領我們
寄居明日河床的沙礫中

我們在床邊細語時，不意進入了黑夜的縫隙
腹中的大象突口而出，單腳侵入傳說中的閣樓
妳甩動髮絲寫出那七寶樓台，絢爛淒絕的憂傷
與想像同時開啟，好了，我又決定繼續飛航中的迫降
不管妳是不是我，前世的愛人

若與神交

她切開心中的哀戚歡欣，交出一首詩
昂揚騰達於床頭之人，總是神入神出
我擁妳起舞以尾以首以體以古語宣讀
下面的意外是信望愛泣，哭笑與傾訴

百度

設若情與愛邂逅的那天
嘗以少年的心靈試溫
應該尚未越過三十八度

這是一場拖曳雪鏈的行動
希望流暢又必須止滑，
曾經，有機會登上百度
假使沒有不可測的風雪

如今我們再度遭逢
在靈視中隱約的華爾滋
任由回憶不斷流轉，
任那餘光微波八十五度
就在此刻，
往日不再生泠
愛情的硬度依然留佇

迴響詩三首

〈敬sally〉

敬妳一杯至上無上的黝黑
然後偷偷透露夜的預言
上帝已不耐公轉
地球將脫軌而出
今夜
當 Teguila 啜飲自身的辛辣苦澀
夢
早已悄悄地遠行

〈給薄荷魚〉

昨夜溺死的漁夫
今日在夢裡醒來

天空多麼聒噪
一隻囈語的鳥兒
用孤獨圍觀著
赤裸的孤獨

〈贈mido〉

讓風懸著無翼鳥飛行
讓一具空空的白斜躺
在心靈的深邃，讓小牆騰昇
飛成匪類，塗成鴉
作為魂兮，歸來
一具空空的 mido

憂傷劍法

〈第一式　驚天動地〉

舉起你的憂傷
往上刺　殺　殺
墜落你的憂傷
重擊這個世界
用你的愛
　　　驚嚇天地

〈第二式　攔截五行〉

以俠士的姿態
高舉你的憂傷
對準頑強的思慕
斥喝五行流動

大力劈出啊　用憂傷
攔截
　你的愛

〈第三式　隨風飄浮〉

降下你的憂傷
如獻花一般
弔唁你的罣戀
唸唸　神哪　息怒了麼
輕輕平掃
讓憂傷躺下　再躺下吧
讓愛
隨風飄浮

孤狐

（一）

熱鬧的夜宴裡，大家爭相傾訴
飢饉的老鼠在桌底梭巡了一圈
就飽食孤獨而去

默觀的女人突然哭喊著
「是誰齧咬了我的孤鼠？」
我試圖敷之以情，她的胸口卻擺盪著
一串殘缺的滿足

（二）

鬧熱依依離去，重生的鼠又返回
化身為狐與女人同行

在漆黑中張望著自身的殘缺與擺盪
夢正乘著餘光，不停的反芻

女人幽然地輕嘆著
「誰來充實我的孤獨？」
狐就止住疑惑的眼光，向前叨起
一片黎明的種子

後記

兩年半來的詩作計有兩百多篇，挑選了一百首，過程總有難以取捨之處。因陸續受某些名家詩風影響，全書尚無法有統一風格，尤其是2009年初期的作品較突兀，就儘量少錄入。

在吹鼓吹詩論壇發表了很多新聞詩，把附註事件略去，表達內容更有多種可能性，所以在詩集中也收錄了一些。

有好幾篇作品提到「霧派」，其實他是我的摯友黃宏德，抽象畫家，經常有無厘頭的斷言，卻又聲稱是天下第一理性，他的言行常能啟發我的靈感。

封面是我2001年的畫作「秘境書寫」，內頁有數件立體圖片，是2010的紙漿作品。畫如其人，詩亦如其人，我總覺得，同一人的心境與詩畫走向應是相當一致的。

紹連老師的鼓勵，是我能創作不懈的重要因素之一，內人的認同，則使我創作不受干擾。新的一年，期許自己能寫得更好，更能展現自我風格。

讀詩人20　PG0786

問路　用一首詩

作　　者　王羅蜜多
主　　編　蘇紹連
責任編輯　黃姣潔
圖文排版　楊尚蓁
封面設計　古淯貝、陳佩蓉

出版策劃　釀出版
製作發行　秀威資訊科技股份有限公司
114 台北市內湖區瑞光路76巷65號1樓
電話：+886-2-2796-3638　傳真：+886-2-2796-1377
服務信箱：service@showwe.com.tw
http://www.showwe.com.tw
郵政劃撥　19563868　戶名：秀威資訊科技股份有限公司
展售門市　國家書店【松江門市】
104 台北市中山區松江路209號1樓
電話：+886-2-2518-0207　傳真：+886-2-2518-0778
網路訂購　秀威網路書店：http://www.bodbooks.com.tw
國家網路書店：http://www.govbooks.com.tw
法律顧問　毛國樑　律師
總 經 銷　聯合發行股份有限公司
231新北市新店區寶橋路235巷6弄6號4F
電話：+886-2-2917-8022　傳真：+886-2-2915-6275

出版日期　2012年7月　BOD一版
定　　價　230元

國家圖書館出版品預行編目

問路 用一首詩 / 王羅蜜多著. -- 一版. -- 臺北市：釀出版,
2012.07
面； 公分. --（讀詩人 ; PG0786）
BOD版
ISBN 978-986-5976-45-3（平裝）

851.486 101010878

讀者回函卡

感謝您購買本書，為提升服務品質，請填妥以下資料，將讀者回函卡直接寄回或傳真本公司，收到您的寶貴意見後，我們會收藏記錄及檢討，謝謝！

如您需要了解本公司最新出版書目、購書優惠或企劃活動，歡迎您上網查詢或下載相關資料：http:// www.showwe.com.tw

您購買的書名：________________________________

出生日期：________年________月________日

學歷：□高中（含）以下　□大專　□研究所（含）以上

職業：□製造業　□金融業　□資訊業　□軍警　□傳播業　□自由業

□服務業　□公務員　□教職　□學生　□家管　□其它_____

購書地點：□網路書店　□實體書店　□書展　□郵購　□贈閱　□其他

您從何得知本書的消息？

□網路書店　□實體書店　□網路搜尋　□電子報　□書訊　□雜誌

□傳播媒體　□親友推薦　□網站推薦　□部落格　□其他__________

您對本書的評價：（請填代號　1.非常滿意　2.滿意　3.尚可　4.再改進）

封面設計____　版面編排____　內容____　文／譯筆____　價格____

讀完書後您覺得：

□很有收穫　□有收穫　□收穫不多　□沒收穫

對我們的建議：________________________________

____

____

____

請貼
郵票

11466
台北市內湖區瑞光路 76 巷 65 號 1 樓
秀威資訊科技股份有限公司 收
BOD 數位出版事業部

（請沿線對折寄回，謝謝！）

姓　　名：________________　年齡：________　性別：□女　□男

郵遞區號：□□□□□

地　　址：____

聯絡電話：(日) ____________________ (夜) ____________________

E-mail：____